句集

貝の化石

KAI no KASEKI

Nishiike Midori

西池みどり

文學の森

句集　貝の化石＊目次

装丁　井原靖章

句集　貝の化石

第一章

甌《おう》穴《けつ》

垂り雪垂りて静か弥陀三尊

花の昼ジーコと回す黒電話

夏蓬川へ下り行く道絶えて
すれ違い煙草の匂う五月闇

大歩危　四句

白昼の児啼爺や風涼し

エンジンを止めて流さる遊び舟

闇に浮く指白々と螢川

夏の虫救う網置く露天風呂

腰籠にそっと落とせり楊梅狩

紫陽花の谷に落ちゆくケーブルカー

鉄道の錆深まりし大暑かな

夏霧の中に唸れり大風車

天に蟬地に空蟬の転がれり

光る数だけ飛んでいる赤とんぼ

好物を思い出したり盆用意

柿一つ落ちて影生むアスファルト

稲の花曲がり角には風のある

脇町　三句

藍商の荷揚げ場なりし昼の虫

「りぼん」買いし本屋は何処柳散る

水底の秋の目高を数えおり

高井北杜（父）・秋園つゆ（母）七回忌

咲き初めてこぼるるもあり白き萩

刃を拒む南瓜よなんと頑固なる

錆鮎の大小貰う勝手口

信州　五句

雨白し松茸山は靄の中

切株に白い茸や雨上がる

男郎花温泉街の狭き辻

毒なるや茸図鑑を広げ見る

厄除けの神をおろがむ草の露

上高地　二句

繋がれて秋のボートの日を返す

頂上を離れぬ雲よ草雲雀

虫の夜や月蝕を見る望遠鏡

満月の蝕まれゆく速さかな

ガッツンと鍬の手応え八つ頭

間引菜のぱりんと立ちぬ水の桶

瑠璃色の走れり穴に入る蜥蜴

煮染芋母の格言たしかなり

三毛猫の香箱作る露地の秋

四辻に湯気吹き分かる蒸饅頭

川ほとり冬芽のぐんと日を摑む

小春日の漫画とライター木の椅子に

一筋の何焚く煙冬の谷

大蛇棲む淵に降り込む紅葉かな

先達を勤める男冬の滝

外套の似合う男でありにけり

高倉健

水鳥の一つ潜れば一つ浮き

鴛鴦の後つく鴨や汽水域

夕暮の光まだあり雪ばんば

冷たさや貝の化石の歪みよう

この白い森より来るか雪女郎

年の瀬や空気の抜けたドラえもん

裏庭に光を三つ竜の玉

聖夜まで一切れずつをドイツ菓子

柚子湯とて夫に勧めていたりけり

鯛焼へでこぼこしつつ列曲がる

肩凝りも頭痛も癪も十二月

書き初めの撥ねの大きくはみだせり

三世代乗り込んでいるこたつ舟

レントゲンに写る我が骨冬の底

閉まらない門を閉めたり冬珊瑚

笹鳴の飛び移るたび近づけり

こびりつく靴の畑土冬の果

ストーブや農事談議をいつまでも

天井の真ん中に座す蕗の薹
大福に春の苺の透けており

春浅し極彩色の極楽図

三椏の花の奥なる漬物屋

晴明のパワーストーン春兆す

余寒なお六角堂を右に折れ

春灯朝の勤行漏れきたり

恋猫の声した方に闇動く

春疾風本屋移転のビラ煽る

何の芽か3・11震災忌

水温む長々しきは竜の髯

料峭の弥陀うつむきしお顔かな

うどん食ぶ大先達という遍路

湾内にクルーズ船や霞中

沈丁花夜には夜の香りさせ

新しき環状線や鳥帰る

四万温泉　三句

春風や微粒子の飛ぶダムの青

囀や自分を撮るというカメラ

山茱萸や甌穴音を轟かせ

蟻も来よ今日満開の桜かな

滑り落つ机上のものや目借時

崖崩れ注意の札や鴉の巣

天辺の辛夷に近き朝の月

星一つ掲げておりぬ春三日月

苗札の汚れを拭きて挿しにけり

小雨降る頭大きな鴉の子

ジャスミンの香りの谷へ下りてゆく

竹の皮散りし斜面に日の斑

花水木咲いては空に羽ばたけり

文庫本まとめて縛る桜桃忌

五月闇どこかで鳥の長鳴きす

第二章　不整合

道問うて二ツ上ルと鉾の町

一斗缶たたき実盛送りかな

指一本立てて逃げらる赤とんぼ

川涼し市場に肉を焼く匂い

新しき免許証の顔朝涼し

この鉢の主はお前か蝦蟇

近き蜻蛉遠き蜻蛉も夕日中

大きさの揃わぬ団子盆供養

残暑かな手摺錆びたる警察署

両腕に芒を分けて進みけり

爽やかや野外で洗う鍋と皿

柴犬に蟷螂斧を振り上げる

野分過ぎ雲残したる三角洲

冷やかや茶碗ヶ淵へ散る木の葉

番犬の吠えず銀杏干されあり

秋扇さても一言申し上ぐ

一頁めくりては呑む新酒かな
秋日和四角く乾くバスタオル

神官の袴水色秋気満つ

大歩危　六句

断層の四十五度や紅葉濃し

冷たさやライオン岩の口結ぶ

黄落の一枚入る木桶風呂

天辺に川鵜胸張る冬の岩

膝掛を二人で掛ける舟下り

小歩危過ぎ大歩危洞門芒照る
一枚の落葉の音を振り返る

小春日が暴くジュラ紀の不整合

すぐ落ちる豆ヘリコプタ暖炉の火

涸川に鷺と烏の一羽ずつ

大根の抜きあと太し風の中

イーゼルに冬の日やっと届きけり

山茶花の角を曲がりてまた山茶花

厳寒や家のどこかがピシと鳴り

長々と蜜吸う虫や冬至の日

水色のランドセルとやクリスマス

長男に名刺いただく松の内

中国　十句

ゆりかもめ太湖にいくつ島のある

括りたる上海蟹の目の動く

手品師のカード飛ばせり年始め

着膨れて魚を商う木の小舟

冬晴れや関羽の髭を仰ぎおり

まことなるや買初の筆オオカミと

煙草吸う魯迅先生椅子の冷え

山茶花の咲いた数より多く散り

表口裏口違え夕時雨

円卓をゆっくり回し甲羅酒

キンキンと頭蓋に沁みる寒さかな

犬吠えてドッと山茶花散らしたり

大寒の朝や双子の目玉焼

うどん屋の丸太の椅子や春隣

白よりも青というべき雪蛍

冬の雷便箋白きまま閉じる

ペタペタとビニールスリッパ春寒し

二ン月の日の出は路地の間より

ランドセル海越えて行く入学期

人参の鼻上向きに雪だるま

融解剤使い切ったり春の雪
鋏音させては菜花籠に増え

二つありあとはたくさん犬ふぐり

荒東風や農事放送きれぎれに

ブランコの高き所で声を上ぐ

イタリアにて　十句

噴水の音の上なる四十雀

春の日や腹ふくよかな女神像

パイプオルガン奏でる時刻暖かし

赤と黄のねじり棒飴ヒヤシンス

石畳尽きるところや藤の棚

こちら向く栗鼠の丸顔若芽吹く

竜天に登りしあとか飛行機雲

鳥の巣を二つ宿す木丘越ゆる
深井戸へ石段濡れし春の闇

牧野へと放たれる豚桃咲けり

回しつつ食べる竹輪や花筵

何というてもニッポンの桜かな

風一瞬円陣描く花の屑

虎杖の二つに折れし日暮かな

風吹いて鈴蘭コクと頷けり

細波の一方向に植田かな

まぜ吹くや口のざらつく一本道

軽々とパゴダを載せし青葉山

山に這う靄や老鶯しきりなり

葵祭　三句

立砂の湿り帯びくる夕立前

お神輿を三回揺する蕎麦屋前

お暇す双葉葵の苗提げて
遠山は雨の降るらし時鳥

咲き切って真白になりぬ夏椿

お福木偶赤き舌出し五月闇

嘴の黄色き鳥や青田中

耳鳴りの他に音なき夏野かな

富士山の水というなり新茶汲む

横断の道は遠いぞ蝸牛

第三章　青珊瑚

貝塚の口なお昏し木下闇

郭公や男一人が山下りて

藁しべを大事にくわえ親つばめ

紋所そろう番の揚羽蝶

篠の子や細き川面の暮れ易き

花海桐海女の軍手を干してあり

柚子の花畑へ登るスクーター
顔の方回して食べる氷菓かな

畝一つ作りて帰る梅雨晴間

浜木綿の咲き出す前に香りけり

切り出した七夕笹の匂いけり

八重山諸島　七句

水牛の子の駆け回る夏の潮

日焼子と犬の乗りたる小舟かな

樹の上は風吹くところ鳳梨熟る

学生と並び泡盛乾杯す

青珊瑚すり抜けてくる熱帯魚

端居して女三線弾き始む

水牛の腰骨尖る夏の海

ピシピシと音させ西瓜割りにけり

頭数違えて切りぬ大西瓜

蟬時雨に入り蟬時雨を抜けぬ

定席や冷し中華の大と小

花南瓜金管楽器のごと咲けり

射干の茎伸びきってより咲きぬ

私だけ潔白なのと鷺草咲く

青柿の落ちるやシロの吠えもせず

土用鰻ひっつめ髪の女将出て

風吹けば逃げ回りおりり芋の露

南瓜切る見ている者も身を固め

洗われし月白々と嵐跡

線香の煙真直ぐに台風裡

時計屋の時計に合わせ涼新た

山より出街に消えゆく秋の虹

花梨の実歪なままに太りゆく

兄弟の野良犬居つく秋黴雨

一つだけ地まで届きぬ名残茄子

新米は白し目刺は青きかな

掘り上げて尻餅をつく八つ頭

蓑虫の蓑の形の長短か

栗を剝くだんだん無口になっており

大櫃の錠の重さや秋寂びぬ

揺れるたびその傷深め破芭蕉

義仲寺に芭蕉の花の咲く日かな

朝霧をすべり出でたり近江富士

石山の石橋渡る秋乾き

草の実や海の女神を祀る宮

砂粒のノートに舞いぬ秋の浜

スペイン　十六句
セビリア　六句

爽籟や人影の無き理髪店

陶製の手摺に浮かぶ露の玉

尖塔の先の先まで秋晴れる

ジャスミン香ライオンの門潜りては
フラメンコ帰りの路地や眉の月

大石榴割りぬ十指に力込め
ワイン飲む秋の日除けをはみ出して

アルハンブラ宮殿　二句

やや寒や昼の星座の瞬かず

澄む水の音無き流れ王の庭

銃眼を飛び出す野鳩天高し

そぞろ寒大聖堂の執務室

パラドール泊

暁の古城の上を鳥渡る

ノッカーの拳の形月明り

ラ・マンチャ

秋寥々風車の丘に風荒ぶ

秋炉焚くスペイン味の肉団子

サフランの押花の芯旅の果

音立てて鳥降り立つ秋の暮

指先をつるりと逃げし衣被

洗濯機から逃がしてやりぬ枯蟷螂

チンドン屋出たる勤労感謝の日

栗の木の切られし広場冬の鵙

そっと指開けばいない雪螢

襟立てて角の酒場が待ち合せ

梟鳴く裏山なれど日の当る
羽ばたきをやめれば細し冬の鳥

町内会の看板古び帰り花

肩先に音立ててくる夕時雨

柚子風呂の傷ある柚子のよく香る

すれ違いに犬誉められし初詣

伊根　六句

海側に物干す舟屋二日はや

日の沈むまでを見ていて冷たかり

ブイに乗るカモメの白さ冬の波

百合鷗のまん丸眼近づけり

大漁旗の上にお飾り停泊船

寒風に干し烏賊薄くうすくなる

大根の穴埋め戻す靴の先

雪吊りの緩みなき綱空青し

繋留のマスト大揺れ雪催い

朝の月雪道一つ輝かす

雪の下突っついている鳥一羽

神戸春節祭　三句

一対の龍のうねりや旧正月

京劇の化粧に春の日射かな

肉饅の熱さ手に受く春節祭

浅春の能狂言の紅き券

ひまわりの種ばらまいておく巣箱前

囀の此の木彼の木と移りけり

いつよりか鉢に魚棲む春の雨

畑の水出しっ放しよ犬ふぐり

印鑑に体重かける納税期

山頂の日溜るところ蕗の薹

浅春の午後の日薄くふくろ鳴く

松原の松の枝ぶり陽炎える
ブランコや山々遠く近くなり

牡丹の芽数えておりぬ庭の下駄

流るとも見えぬ大河や春霞

お澄ましの女雛に笑う男雛かな

石棺に降り積む春の落葉かな

明石　五句

春分や日時計の影縮みゆく

眼を癒す観音を撫であたたかし

歯を剝いて笑う狛犬桜咲く

あたたかや朱盆に並ぶ明石焼

どの店の鮊子買おう魚《うおん》の棚《たな》

夜桜の奥に誰かがいるような

離島へは一日二便別れ霜

豆の花残し畑を終いけり

農園の鍵返す日の葱坊主

句集　貝の化石　畢

あとがき

若い時、岩石を集めてみたくて、専門店に行ってハンマーまで買ったのだが、一度も使用せずに、何度もの引越の際捨てることもせず、未だに家のどこかにあるはずだ。

この第五句集は高齢者と呼ばれる年になってから現在までの三年間の作品である。人生を振り返ってみて、自分の好きだったことを思い起こす集中の言葉の中から題と章題をつけてみた。

句集出版にあたり、お世話になった「文學の森」編集部の方々に厚く御礼申し上げます。

平成二十八年七月

西池みどり

著者略歴

西池みどり（にしいけ・みどり）

1948年　徳島市生まれ
1970年　臼田亞浪・角川源義に師事した父、
高井北杜主宰「ひまわり」に入会
現　在　「ひまわり」副主宰
俳人協会会員

句　集　『だまし絵』『森の奥より』『風を聞く』
『葉脈』

現住所　〒770-8070　徳島市八万町福万山8-26
電　話　088-668-6990

句集

貝《かい》の化石《かせき》

発　行　平成二十八年九月四日

著　者　西池みどり

発行者　大山基利

発行所　株式会社　文學の森

〒一六九-〇〇七五

東京都新宿区高田馬場二-一-二　田島ビル八階

tel 03-5292-9188　fax 03-5292-9199

e-mail mori@bungak.com

ホームページ http://www.bungak.com

印刷・製本　潮　貞男

ISBN978-4-86438-581-7 C0092